Vente du Samedi 28 Mars 1914

HOTEL DROUOT — SALLE N° 7

N° 189 du Catalogue.

ESTAMPES DU XVIIIe SIÈCLE

Mᵉ ANDRÉ DESVOUGES   M. LOYS DELTEIL

EXPOSITION PUBLIQUE, HOTEL DROUOT. SALLE N° 7

Le Vendredi 27 Mars 1914, de 2 heures à 6 heures.

N° 188 du Catalogue.

CATALOGUE

DES

ESTAMPES

DU

XVIIIe SIÈCLE

ŒUVRES

DE

BARTOLOZZI, BAUDOUIN, L.-M. BONNET, BOUCHER,
CHARDIN, DEBUCOURT, DEMARTEAU,
H. FRAGONARD, GAUTHIER-DAGOTY, J.-B. HUET, JANINET,
LANCRET, MOREAU LE JEUNE, REGNAULT,
A. DE SAINT-AUBIN, TAUNAY, C. et H. VERNET,
ANT. WATTEAU, etc.

Dont la vente aura lieu

à Paris, HOTEL DROUOT, Salle N° 7

Le Samedi 28 Mars 1914

à 2 heures précises

Par le Ministère de Me ANDRÉ DESVOUGES

COMMISSAIRE-PRISEUR

26, Rue de la Grange-Batelière

Assisté de M. LOYS DELTEIL, Graveur et Expert

2, Rue des Beaux-Arts

CONDITIONS DE LA VENTE

Elle sera faite au comptant.

Les adjudicataires paieront *dix pour cent* en sus des enchères.

M. Loys Delteil remplira les commissions que voudront bien lui confier les amateurs ne pouvant y assister.

MM. les Amateurs pourront visiter la collection, 2, *rue des Beaux-Arts*, du Jeudi 19 au Jeudi 26 Mars 1914, de 2 heures à 5 heures (*Le Dimanche excepté*).

Exposition Publique, Hotel Drouot, Salle N° 7
Le Vendredi 27 Mars 1914, de 2 heures à 6 heures.

LA FONTAINE.

N° 38 du Catalogue.

DÉSIGNATION

ALIX (P. M.)

1. Mirabeau, d'après L. Très belle épreuve, *imp. en couleurs*, (petite épidermure).

ALKEN (d'après H.)

2. *Going to Cover — The Death.* Deux pièces, par C. Bentley, se faisant pendants. Belles épreuves, *coloriées*. Encadrées.

ALMANACHS

3. Almanach, dédié aux Dames, 1825 — L'Education de l'Amour, calendrier pour l'année 1818. — 2 vol., in-24, fig.

BARTOLOZZI (F.)

4. Marie-Christine, Archiduchesse d'Autriche, d'apr. Roslin. Très belle épreuve, *tirée en bistre*, (plis d'encadrement en marge).

5. Zéphire and Flore — Vertumne and Pomone, Deux pièces, d'après C. Coypel, se faisant pendants. Belles épreuves, *imp. en couleurs, avec cadre tiré en or*, (sans marges sur 3 côtés, petites cassures et épidermures).

6. Lady and Child, d'après S. Ferrato. Très belle épreuve, toutes marges. — Euphrosyne, par A. Cardon. Deux pièces.

BAUDOUIN (d'après P. A.)

7. Les Cerises, par N. Ponce (E. B. 13). Très rare épreuve à *l'état d'eau-forte* (sans marges).

8. Le Jardinier galant, par Helman (25). Belle épreuve.

BEAUVARLET (J. F.)

9. Les Couseuses, d'après le Guide. Belle épreuve.

10. La Marchande d'Amours, d'après Vien. Très belle épreuve, *avant toute lettre*.

11. Offrande à Cérès — Offrande à Vénus. Deux pièces, d'après Vien, se faisant pendants. Belles épreuves.

BEECHEY (d'après W.)

12. *Her Royal Highness the Duchess of Wirtemberg*, par Cheesman, 1806. Très belle épreuve.

BENOIST JEUNE

13. Marie-Antoinette, médaillon in-18. Très belle épreuve, toutes marges.

BENWELL (d'après H.)

14. *Cupid Desarmed — Cupid's Revenge.* Deux pièces par C. Knight, 1786, se faisant pendants. Très belles épreuves, *tirées en 2 tons.* Encadrées, cadres anciens.

BERTIN (d'après)

14 *bis*. La Gayeté de Silène, par N. De Launay. Très belle épreuve, *avant la dédicace.*

BERTRAND (Noël)

15. Le Matin — Le Midi. Deux pièces se faisant pendants. Très belles épreuves, *imp. en couleurs* (une avec rehauts).

BOILLY (L.)

16. Boilly (L.), par Jules Boilly — La Vielleuse — Le Singe mendiant. Trois pièces. Belles épreuves.

16 *bis*. Grimaces, 61 planches. Belles épreuves, *coloriées* (sauf 3).

BOILLY (d'après L.)

17. *The Favour'd Lover* (Londres, chez R. Sayer, 1793), épreuve gouachée.

BONNET (L. M.)

18. Samson et Dalila, d'après Rubens. Très belle épreuve, *imp. à l'imitation du pastel* (sans marges).

19. Tête de Flore (M\u1d50\u1d49 Baudouin?) — M\u2071\u1d49 Coypel? Deux planches, d'après F. Boucher, formant pendants. Belles épreuves, *imprimées à l'imitation du pastel* (marges restaurées).

19 *bis*. La Jardinière fleuriste, d'apr. Boucher. Belle épreuve, *tirée en sanguine.*

19 *ter*. La jolie Bergère, d'apr. Boucher. Très belle épreuve, *imp. en sanguine.*

20. Buste de jeune Fille, le sein découvert, d'après Le Clerc. Très belle épreuve, *tirée en 3 tons* (n° 269).

21. L'Heureuse Rencontre — Le Départ d'une Foire. Deux pl. *tirées en sanguine.*

BOREL (d'après Ant.)

22. Le Charlatan, par J. A. Léveillé. Belle épreuve, *imp. en couleurs* (sans marges, légères épidermures).

BOUCHER (d'après François)

23. L'Amour instruit par Mercure — Vénus donnant du nectar à l'Amour. Deux pièces par F. Basan, se faisant pendants. Très belles épreuves.

24. L'Amour désarmé, par Fessard. Belle épreuve.

25. L'Air, par J. Daullé (D. 148). Très rare épreuve, à *l'état d'eau-forte.*

26. La Belle Cuisinière — La Belle Villageoise. Deux pièces par P. Aveline et Soubeyran, se faisant pendants. Très belles épreuves.

27. Jeune Femme casquée, par *Louis Bonnet Premier qui ait trouvé la manière de Gravé* (sic) *aux deux et trois Crayons*. Très belle épreuve, avec planche de blanc, sur papier gris.

27 *bis*. Les Éléments, par J. Daullé, 3 pl. (sur 4). Superbes épreuves, à toutes marges.

28. Buste de jeune Fille, par F^se Basset. Très belle épreuve, *tirée en sanguine.*

29. Buste de jeune Fille, par Bonnet. Très belle épreuve, *tirée en sanguine.*

30. Femme nue couchée, par Petit. Belle épreuve, *tirée en sanguine.*

31. Femme à demi-nue, assise, Très belle épreuve, *tirée en sanguine.*

N° 19 du Catalogue.

32. Femme nue, assise. Belle épreuve, *tirée en san-guine.*

33. Femme nue, étendue — Tête de jeune Fille. Deux pl., *tirées en sanguine* (la 1re manque un peu de conservation).

CARS (Laurent)

34. Andromède délivrée par Persée, d'apr. Le Moyne. Très belle épreuve, *avant toute lettre*.

CHAPUY (J. B.)

35. Vue du Champ de Mars le 12 juillet 1789. Belle épreuve, *imp. en couleurs*.

36. Prise d'Armes aux Invalides. Belle épreuve, *imp. en couleurs*.

CHARDIN (d'après J. B. S.)

37. L'Antiquaire — Le Peintre (E. B. 2 et 42). Deux pl., par Surugue fils, se faisant pendants. Belles épreuves.

38. La Blanchisseuse — La Fontaine (6 et 21). Deux pl. par Cochin, se faisant pendants. Très belles épreuves, *avec la 1ʳᵉ adresse*.

39. Les Bouteilles de savon — Les Osselets. Deux pl. par M. P., répétitions des pl. de Fillœul, non signalées par E. Bocher.

40. Le Faiseur de Château de cartes, par A. de Marcenay de Ghuy (20 D.). Très belle épreuve.

41. L'Instant de la Méditation, par L. Surugue (26). Belle épreuve.

42. La Mère laborieuse, par Lépicié (35.) Très belle épreuve.

43. La Pourvoieuse, par Lépicié (45 B.), 2ᵐᵉ tirage. Belle épreuve.

44. La Pourvoieuse, par J. Le Moine (46 E.) Belle épreuve.

45. Le Principe des Arts, par Cécile Magimel (15). Très belle épreuve.

45 *bis*. La Serinette, par L. Cars (47). Belle épreuve.

CHÉREAU L'AINÉ (François)

46. Renaudot (Eusèbe), d'apr. J. Ranc. Très belle épreuve.

CHEVILLET (J.)

46 *bis*. Bragance (Don Pedro de), d'apr. Trinquesse. Très belle épreuve, *avant toute lettre*.

CIPRIANI (d'après J. B.)

47. Angélique et Médor — Isabelle et Zerbin. Deux pl., se faisant pendants. Très belles épreuves.

48. Love — Vigilance. Deux petites pl. de forme ovale, par F. Bartolozzi. Très belles épreuves, *tirées en sanguine*, toutes marges.

COCHIN FILS (Ch. Nic.)

49. Caylus (Cte de) — Duclos (Ch.) — Restout (J.) — Turenne (P^ce de). Quatre pièces. Très belles épreuves, (la 1re sans marges).

COCHIN FILS (d'après C. N.)

50. Alexis Piron, par Hoin. Très belle épreuve, rare.

51. Le Blond (G.) — Jeliotte (Pierre) — Delassone (J. M. F.) — Pigalle (J.-B.) — Caffiery (J.-J.). Cinq pl., par A. de St-Aubin. Très belles épreuves.

52. Maffei (Scipion), par Pariset fils — Le Moine fils (J.-B.), par N. Dupuis — Vanloo (C. C.), par J. Daullé — Slodtz (Les), par L. Cars — Cayeux (P.), par Lempereur. Sept pièces. Très belles épreuves.

53. Mariette (P. J.) — Cassanea de Mondonville (J.-J.) — Parrocel (C.) — Chardin (J.-B. S.) — Duchange (G.) — Bouchardon (E.) — Cayeux. Sept pl. par Cochin fils, St-Aubin, Dupuis, Lempeur et L. Cars. Belles épreuves.

COCLERS (L. B)

54. La Récureuse. Très belle épreuve. Rare.

COSTUMES ET COIFFURES

55. *1re Suite des Costumes François pour les Coeffures depuis 1776.* Suite complète de 6 pl. Très belles épreuves, *coloriées.*

56. 2e Suite, pl. 8 à 12 (manque la pl. 7), soit cinq pl. Très belles épreuves, *coloriées.*

57. *13e Cahier de Modes Françaises pour les Coeffeurs,* suite de 6 pl. (manque la pl. 14), soit cinq pl. Très belles épreuves, *coloriées.*

58. 4e Cahier, 4 pl. (sur 6) et 5e Cahier (1 pl. sur 6), soit cinq pl. Très belles épreuves, *coloriées.*

59. *5e Cahier des Costumes Français pour les Coeffures depuis 1776.* Série complète de 6 planches à 4 motifs. Très belles épreuves, *coloriées.*

60. *6e Cahier de Modes Françaises pour les Coeffures, depuis 1776.* Série complète de 6 planches à 4 motifs. Très belles épreuves, *coloriées.*

61. Coeffures sans redoute, à l'espoir et à la Nation (Chez Depain). Trois pl. Très belles épreuves.

61 A. Garde d'Honneur de l'Empereur Napoléon, lors de son voyage aux Pays-Bas, en 1811. Sept planches (sur 12?) publiées par E. Maaskamp. Très belles épreuves, *coloriées* (une avant toute lettre). Très rares.

61 B. COSTUME PARISIEN (La Mésangère), 1812-1815. 25 pl. Belles et rares épreuves, *avant la lettre.*

61 C. COSTUME PARISIEN (La Mésangère), an 10 à 14, 37 pl.; 1806, 16 pl.; 1807, 23 pl.; 1808 à 1810, 66 pl.; 1811 à 1814, 95 pl.; 1815 à 1824, 299 pl.; 1825 et 1826, 59 pl.; soit ensemble 595 pièces *coloriées,* de marges différentes, quelques-unes tachées. *Ce numéro pourra être divisé.*

N° 19 du Catalogue.

N° 125 du Catalogue.

Nº 148 du Catalogue.

N° 60 du Catalogue.

61 D. Costumes français, copies allemandes. Costumes Anglais et Allemands, ensemble 111 pièces, *coloriées*.

61 E. Costumes, modes, etc., 17 pl., d'apr. A. Watteau, Bouchardon et autres.

COSWAY (d'après R.)

61 F. Récamier (Mᵐᵉ), par C. Silésien. Très belle épreuve, *tirée en 2 tons*, (très légère épidermure).

COTES (d'après F.)

62. Portrait d'Homme, par R. Brookshaw, 1773. Très belle épreuve.

COUTELIER (d'après)

63. Le Secret entretien, par Pitou. Très belle épreuve, toutes marges.

COYPEL (d'après Ch.)

64. Charlotte Desmares, par Lépicié, 1733. Très belle épreuve.

65. Zéphyrus and Flora (à Londres, chez R. Sayer). Belle épreuve.

66. La Jeunesse sous les habillements de la Décrépitude, par Mᵐᵉ Lépicié. Très belle épreuve.

DAULLE (J.)

67. Rigaud peignant sa femme, d'apr. H. Rigaud. (69). Belle épreuve.

DEBUCOURT (P. L.)

68. Instruction Villageoise, par Glairon Mondet (M. F. 6). Très belle épreuve.

69. L'Escalade ou les Adieux du Matin (13). Belle épreuve, *imp. en couleurs* (remmargée, légères restaurations sur les bords).

70. Vive le Roy, par Aug. Legrand (25). Très belle
épreuve.

350 70 *bis*. Préparatif d'une poule entre cinq chevaux de
course (144) (plis et légères mouillures).

50 71. Les Galans surannés (165). Épreuve restaurée.
Encadrée.

575 71 *bis*. Cheval de retour de la chasse, d'après C. Vernet (252). Belle et très rare épreuve, *imp. en couleurs*, (plis et petites cassures).

12 71 *ter*. Route de Poste, d'apr. C. Vernet (406). Belle
épreuve.

160 72. Les Joueurs de boules, d'apr. C. Vernet (413). Très
belle épreuve, *coloriée*.

DE GOUY (A. M.)

9o 72 *bis*. Les Grâces, d'apr. C. Eisen. Très belle épreuve,
imp. en couleurs (filet de marge).

DEMARTEAU (G.)

73. Vanloo (Carle), d'apr. lui-même. Très belle
épreuve, *tirée en sanguine*.

74. Le Petit Dessinateur, d'apr. F. Boucher. Bonne
épreuve, *tirée en 3 tons*, rognée et doublée.

75. Bergère, d'apr. F. Boucher (n° 48). Belle épreuve,
tirée en sanguine (doublée, cassure).

76. La Justice protège les Arts, d'apr. Cochin fils
(n° 125). Belle épreuve, *tirée en sanguine*.

76 *bis*. Ire et IIe Vues des environs de Rouen, d'apr.
Houel (n°ˢ 139-140). Deux pièces se faisant pen-
dants. Très belles épreuves, *tirées en sanguine*.

77. Buste de Vieille, d'apr. F. Boucher (n° 150). Belle
épreuve, *tirée en 2 tons*.

78. Tête de Femme, d'apr. F. Boucher (n° 217). Bonne
épreuve, *tirée en plusieurs tons*, rognée et doublée.

79. Moutons et chèvre, d'apr. F. Boucher (n° 228).
Belle épreuve, *tirée en sanguine*.

8o. Tête de jeune Femme, d'apr. Le Prince (n° 304).
Très belle épreuve, *tirée en sanguine*.

N° 69 du Catalogue.

8o *bis*. Vénus désarmée par les Amours, d'apr. F. Boucher (n° 379). Très belle épreuve, *tirée en 3 tons*.

81. Le Dénicheur de merle — La Maraudeuse de fleurs.
Deux pièces d'apr. F. Boucher, se faisant pendants. Bonnes épreuves, *imp. en sanguine* (dou-
blées, cassures).

82. Les Jardinières, d'apr. F. Boucher. Très belle épreuve, *tirée en sanguine* (sans marges).

83. Baigneuse et Amour, d'apr. F. Boucher. Très belle épreuve, *tirée en sanguine* (sans marges).

84. Baigneuses, d'apr. F. Boucher. Très belle épreuve, *tirée en sanguine* (sans marges).

85. Allégorie relative au Mariage du Dauphin, d'apr. Guérin. Très belle épreuve, *tirée en sanguine*.

85 *bis*. Pastorales. — Scènes d'intérieur. — Sujets d'enfants. Neuf pl. d'apr. Boucher. Très belles épreuves, *tirées en sanguine* (sans marges). *Ce n° sera divisé.*

DESPLACES (L.)

86. Marguerite Bécaille, Vve de M. Titon, d'apr. N. de Largillierre. Belle épreuve.

DESRAIS (d'après C. L.)

87. Couronnement du buste de Voltaire, par Patron (Nortap). Très belle épreuve, *tirée en deux tons*.

88. Habillement de Voltaire, Modes Françaises en 1778, pl. 100, par Dupin. Très belle épreuve.

DROUAIS (d'après F. H.)

89. La petite Espiègle, par A. F. Hémery. Belle épreuve.

DUCLOS (A. J.)

90. La Reine Marie-Antoinette annonçant à Mme de Bellegarde, des Juges et la liberté de son Mari, mai 1777, d'apr. Desfossés. Très belle épreuve, (petites taches dans l'encadrement inférieur).

DUGOURE (d'après Ph.)

90 *bis*. Le Lever de la Mariée, par Ph. Trière. Très belle épreuve.

DUPUIS (Nicolas)

91. Le Normant de Tournehem, d'apr. L. Tocqué.
Très belle épreuve.

ÉCOLES FRANÇAISE ET ANGLAISE

92. (Les Regrets). Belle épreuve, *imp. en couleurs*, de
forme ronde (sans marges). Encadrée.

93. *A Circassian Lady* (chez F. Vivarès). Belle
épreuve, *imp. en couleurs*.

94. *Emma or the Child of Sorrow*, par Angélique Papa-
voine, d'après Stothard. — Jupiter et Léda. Deux
pièces, *imp. en couleurs* (la seconde sans marges).

95. La Tourterelle chérie, par Chevillet, d'apr. Wille
fils (*avant la lettre*, épidermure) — La Curiosité
satisfaite, par Pitou, d'apr. Coutellier — L'Aveu
délicat — Le Tendre abandon, par A. Legrand et
Landelle, d'apr. Rousseau. Quatre pièces. Belles
épreuves.

96. La Chasse à l'Ours, par Flipart, d'apr. Boucher —
Sujet, d'apr. Natoire — Fable, d'apr. Oudry —
La Loi — L'Égalité, par Copia, d'apr. Prudhon.
Cinq pl. Belles épreuves, (3 à *l'état d'eau-forte*).

97. Le Galant, par Audran, d'apr. Watteau — Le Poële
— Les Nouvellistes, par Le Prince — La Fidélité,
etc., 6 pl. (2 habillées en soie). Bonnes épreuves.

98. Le Baiser donné — Le Baiser rendu — Scènes du
Roman Comique — La Poupée et le Volant, etc.,
11 pl. d'apr. Pater, Lancret, Oudry, Du Mesnil.

99. Sujets divers, 15 pl. d'apr. Lancret, Le Moyne,
Chantereau, Coypel et autres.

100. Sujets divers, 30 pl. d'apr. Greuze, Lagrenée,
Aubry, etc., la plupart en belles épreuves.

101. Sujets divers, 32 pl. d'apr. Boucher, Jeaurat,
Lagrenée, Le Prince, Parrocel, etc., la plupart en
belles épreuves.

102. Sujets divers, portraits, paysages, 50 pièces.

EISEN (Charles)

103. Les trois Grâces, fontaine. Pièce *non décrite*. Très belle épreuve.

FRAGONARD (d'après H.)

104. La Bonne Mère, par N. De Launay. Bonne épreuve (épidermée). Encadrée.

105. La Bonne Mère — Le Serment d'Amour. Deux pièces, par N. De Launay et J. Mathieu, se faisant pendants. Belles épreuves.

106. La Culbute, par P.-F. Charpentier. Très belle épreuve, *tirée en bistre*. Encadrée.

107. L'Education fait tout, par N. De Launay. Très belle épreuve.

108. L'Heureuse Fécondité, par N. De Launay. Très belle épreuve.

109. Sacrifice de la Rose, par H. Gérard. Très belle épreuve.

110. (Le Souvenir de l'Absent), par Ruotte. Belle épreuve, *avant la lettre.*

111. La même estampe. Belle épreuve, *imp. en couleurs* (sans marges).

112. Contes de La Fontaine, 8 planches, par Patas, Lingée, Halbou et Simonet. Belles épreuves.

GAUTHIER-DAGOTY (Edouard)

113. *La Madonna della Segiola*, d'après Raphaël. Superbe épreuve, *imp. en couleurs*. Encadrée.

GAUTHIER-DAGOTY (Louis)

114. L'Enfant Prodigue, d'apr. Le Guerchin. Superbe épreuve, *imp. en couleurs*, grandes marges.

GERARD (d'après Mlle M^te)

115. L'Espoir du Retour, par H. Gérard. Belle épreuve.

116. Les Regrets mérités, par G. Vidal. Belle épreuve.

N° 80 *bis* du Catalogue.

GUYOT (L.)

117. Vue des Ruines du Temple de la Sybille Tiburtine, d'apr. Perignon. Très belle épreuve, *imp. en couleurs*.

HERRING (d'après J.-F.)

118. *Return from the Derby*, par J. Harris, 1862. Très belle épreuve, *coloriée*. Encadrée.

HOUEL (d'après J. L.)

118 *bis*. Paysages. Deux pl. se faisant pendants, *tirées en sanguine*.

HUET (d'après J.-B.)

119. La Douceur et l'Amitié enchaînant l'Amour, par Wolff. Belle épreuve.

120. Le Drapeau National — Le Tambour National. Deux pl., par L.-M. Bonnet, se faisant pendants. Belles épreuves, *imp. en couleurs*.

121. Le Faucon, par L.-M. Bonnet. Belle épreuve, *imp. en couleurs*.

122. Le Pas de Menuet, par Bonnet. Épreuve *imp. en couleurs* (restaurée et rehaussée).

HUNT (Georges)

122 *bis. View of the Worcester race Course & Grand Stand*, d'apr. Ziegler, 1824. Très belle épreuve, *tirée en 2 tons* et *coloriée*.

ISABEY (d'après J.-B.)

123. Salle d'exhibition de J. Isabey, à Londres, par W. Bennett, 1820. Très belle épreuve, *coloriée*.

JANINET (J.-F.)

124. Les Présents de l'Amour, médaillon tenu par un ruban dans un encadrement de fleurs. Très belle épreuve, *imp. en couleurs*, sur soie. Très rare.

124 *bis*. Tête de jeune Fille, d'apr. Suvée. Superbe épreuve, *tirée en 3 tons*, sur papier bleu, avec planche de blanc.

125. Colonade et Jardin du Palais de Médicis, d'après Hubert Robert. Très belle épreuve, *imp. en couleurs*.

125 *bis*. Le Nouvelliste, d'après A. Van Ostade. Belle et très rare épreuve, *avant la lettre, imp. en couleurs*.

126. Restes du Palais du Pape Jules, d'après Hubert Robert. Très belle épreuve, *imp. en couleurs*.

126 *bis*. Aux Mânes de J.-J. Rousseau. Superbe épreuve, *imp. en couleurs*. Rare.

127. Henri IV à l'Assemblée des Notables tenue à Rouen, d'apr. D. Bertaux. Superbe épreuve, *imp. en couleurs*.

127 *bis*. Ruines Romaines, petites pl. de forme ronde, 4 très belles épr., *imp. de couleurs* (sans marges) — Maison de M. de Ste Foix, soit cinq pièces.

128. *Vue du Champ-de-Mars, à l'instant... du Serment Civique, le 14 Juillet 1790*, d'apr. Meunier. Très belle épreuve, *imp. en couleurs*.

128 *bis*. Coiffures de Femmes, 12 pièces (y compris 4 doubles). Très belles épreuves, *imp. en couleurs* (sans marges).

129. *IIIe, IVe, V^e, IVe et VIIe cahiers de principes de dessins*. 30 pl., *tirées en sanguine*.

129 *bis*. Vues des Édifices de Paris, 22 petites pl. de forme ronde, d'apr. Durand. Très belles épreuves, *imp. en couleurs*.

JEAURAT (d'après E.)

130. Vénus et Adonis, par R. Gaillard. Très belle épreuve.

JENKINS (chez J.)

131. *His Grace the Duke of Wellington*, 1816. Très belle épreuve, *coloriée*.

JEUX (Estampes sur les)

132. Recueil de planches sur les Jeux : Jeux de l'Oye, des Ecoliers, des Plaideurs, Militaire, de la Marine, de l'Hymen, du Blason, etc., 12 pl. en 1 alb. in-fol. cart.

132 *bis*. Jeux des Ages, des Monuments de Paris, des Amours, des Fleurs, etc., 16 pl. in-fol.

KAUFFMAN (d'après Angelica)

133. *Blind Mans Buff*, par De la Rue de Lépinay. De forme ovale. Très belle épreuve. *imp. en couleurs*, avec rehauts. Encadrée.

134. *O Venus Regina Cnidi Paphique...*, par Rose Le Noir, 1782. Très belle épreuve, *imp. en couleurs*, avec rehauts (légères épidermures). Encadrée.

KININGER (V. G.)

134 *bis*. Alexandre, Prince Kourakin, d'apr. J.-B. Lampi. Grand in-fol. Très belle épreuve, *tirée en ton bistré*, (légères piqûres).

LANCRET (d'après N.)

135. Les Amours du Bocage, par N. de Larmessin (E. B. 8). Belle épreuve.

136. Grandval, par J. Ph. Le Bas (38). Belle épreuve.

137. L'Hiver, par N. de Larmessin (39). Très belle épreuve.

138. Le Jeu de Pied de Bœuf, par N. de Larmessin (43). Très belle épreuve.

138 *bis*. Le Gascon puni. — Pâté d'anguille. Deux pl., par N. de Larmessin. Belles épreuves.

LA TOUR (d'après M. Q. de)

139. La Tour (M. Q. de) (au chevalet), d'apr. lui-même, par G.-F. Schmidt. Très belle épreuve.

LAWRANSON (d'après)

140. *Palemon and Lavinia*, par Miss Martin. Très belle épreuve, *imp. en couleurs*.

LE BEAU (P.-A.)

141. Marie-Thérèse, Reine de Hongrie — Savoie (M.-J. Louise de) — Du Barry (Mme) — Mlle Duthé (remmargée). Quatre pl. Belles épreuves.

LECLERC (d'après)

142. L'Hermite en queste. Belle épreuve.

LE CLERC et VLEUGHELS (d'après)

142 *bis* Le Rossignol — Frère Luce. Deux pl. par N. de Larmessin. Belles épreuves.

N° 138 du Catalogue.

LEMPEREUR (L.) — ROMANET (A.)

143. Mme Du Chastelet, d'apr. Monnet — Julie de Villeneuve Vence de St Vincent, d'apr. Barthélemy. Deux pièces. Très belles épreuves.

LE PRINCE (d'après J.-B.)

144. L'Amour du Travail, par Chevillet. Très belle épreuve.

MARILLIER (d'après C.-P.)

145. Vignettes pour la *Bible*, 334 pl. par P.-V. Rodri-
guez, A. Blanco, Fonseca, Perez, M. Brandi, etc.

MARTINET (F.-N.)

146. Marie-Josephe-Louise de Savoie. Très belle
épreuve. Encadrée.

MERCIER (d'après P.)

147. Instruction Maternelle, par J. Faber, 1743. Très
belle épreuve.

MERCIER

147 *bis*. L'Ecole des Jeunes Filles, par J. Faber. Belle
épreuve. Encadrée.

MOREAU LE JEUNE (J.-M.)

148. Le Bal Masqué — Le Festin Royal (200-201). Deux
pièces se faisant pendants. Belles épreuves.

148 *bis*. Tombeau de Jean-Jacques Rousseau, 1778.
Très belle épreuve.

149. Oui ou Non, par N. Thomas. Belle épreuve (sans
marges).

150. Vignettes, pour les Œuvres de Voltaire notam-
ment, 27 pl., *avant la lettre*.

MORLAND (d'apr. G.)

151. Girl and Calves — Girl and Pigs. Deux pièces par
W. Ward, se faisant pendants. Belles épreuves.
imp. en couleurs, légers rehauts (sans marges).
Encadrées.

MORLAND (d'après Henry)

152. *The Beauty Unmaskd — The Fair Nun Unmark'd*,
d'apr. J. Wilson. Deux pièces, se faisant pendants.
Belles épreuves.

MOUCHET (d'apr.)

153. Le Larcin d'Amour, par Mansol. Très belle épreuve, *imp. en couleurs*

PATER (d'apr. J.-B.)

154. Le Cocu battu et content, par Fillœul. Belle épreuve.

155. La Danse, par Fillœul. Très belle épreuve, *avant le numéro.*

156. Roman Comique. Deux pièces. Belles et rares épreuves, *avant toute lettre.*

PAYE (d'après R. M.)

157. Children Playing snow ball — Children Sporting Tragedy. Deux pl., se faisants pendants. Belles épreuves, sans marges, montées en dessins.

PETERS (d'après)

158. Edward Wortley Montagu Esqu^{re}, par J. R. Smith, 1776 (245). Très belle épreuve.

158 *bis. Peasants with Fruit and Flowers*, par J.-B. Michel, 1786. Très belle épreuve.

PFEIFFER (C.)

159. Diana Countess Langeron et Albertina Marchioness Balleroi. Très belle épreuve, *tirée en ton bistré*, toutes marges.

PICOT (V. M.)

160. *Diana and her Nymphs.* Belle épreuve (piqûre).

PITOU

161. (Le Nid offert). De forme ovale. Belle épreuve, *imp. en couleurs.*

POLLARD (d'après J.)

162. *The Aylesbury Grand Steeple Chase : The Light Weight Stake*, pl. III et IV, par J. Harris. Très belles épreuves, *coloriées*. Encadrées.

PORPORATI

163. Vénus caresse l'Amour. d'après P. Battoni. Belle épreuve.

PORTRAITS

164. Joseph Vernet, par Cathelin, d'apr. L. M. Vanloo — C. Vanloo, par Miger, *avant la lettre* — N. Vleughels, par Jeaurat, d'apr. A. Pesne — N. Poussin, par Mme de Cernel, *imp. en couleurs* — C. Vanloo, par Basan. Cinq pl. Belles épreuves.

165. Louis XV, par Petit, d'apr. Liotard et par Cars, d'apr. Vanloo — Maurepas — Monté (J. P. de), par Salliettes — P^ce de Salm — F. de Schomberg, par Smith, 6 pl.., Belles épreuves.

166. Chicoyneau (F.), par Wille — D'Argenville, par Vangelisty, *avant la lettre* — Ant. Louis, par Miger — Montaigne, par Ficquet — J. Bruté — Louis, Dauphin de France, par M. Aubert — C. Fr. de Beaumont, par Valperga — De Sartine, par Chevillet. Huit pièces. Belles épreuves.

RAMBERG (J. H.)

167. Le Poirier enchanté — Le Villageois qui cherche son veau. — Le Rossignol — Les Lunettes — Joconde — La Jument du Compère Pierre. Six pièces. Belles épreuves.

RAMSAY (d'après)

168. Lady Boyd, par J. Mac Ardell, 1749. Belle épreuve.

RECUEILS

169. *Le Joujou des Demoiselles, Avec de Nouvelles Gravures*, s. d., titre, frontispice et 51 pl. (sur 55 ?), avec texte gravé — 1 vol. petit in-8, rel. Bel exemp.

N° 121 du Catalogue.

169 *bis. Il Decamerone di M. Giovanni Boccacio* — Londra, 1757, 5 vol. in-12 cart. Exempl. renfermant les copies des pl. de la 1re édition.

REGNAULT (N. F.)

170. Le Lever. Très belle épreuve. *imp. en couleurs, avec* l'adresse du graveur.

RÉVOLUTION (Est. relatives à la)

171. Le Mai des français ou les entrées libres. Belle épreuve, *tirée en 2 tons.*

172. *L'Erreur et la folie...* — L'Écclésiastique Réfractaire — La Coupe des Bois — Rosine! Rosine!... — Heum! si je l'avais prévu — Le Tiers-état maniant les Religieux... Six pièces. Belles épreuves, encadrées.

ROSLIN (d'après)

173. La Flore de l'Opéra (Mlle Guimard), par F. Basan. Superbe épreuve.

ROWLANDSON (Th.)

174. *Looking at the Comet... — A New Cock Wanted — A Hitt at Backgammon,* 3 pl., *coloriées.*

RUOTTE (L. C.)

175. Melania, d'apr. J. P. Simon. Très belle épreuve, *imp. en couleurs.*

SAINT-AUBIN (Aug. de)

176. Le Kain, d'apr. Le Noir. Deux très belles épreuves, une *avant la lettre.*

177. Necker (J. S.), d'apr. Duplessis. Très belle épreuve, *avant* l'adresse (légère épidermure).

178. *Mes Gens ou les Commissionnaires ultramontains* (390-395), pl. 1 : Commissionnaire apportant une lettre, 2 épreuves (une à *l'état d'eauforte*) et pl. 6 en *contre-partie, avant* toute lettre. Trois pièces. Très belles épreuves.

179. Au moins soyez discret — Comptez sur mes serments. Deux planches se faisants pendants. Épreuves du tirage de Marel. Encadrées.

180. *The Place to the first occupier*, par A. Sergent. Très belle épreuve, *imp. en couleurs.*

SCHENAU (d'après J.-E.)

181. Le Réveil Maladroit, par N. Dupuis. Très belle épreuve.

SCHMIDT (G.-F.)

182. Mignard (P.), d'après H. Rigaud. Bonne épreuve.

SERGENT (A.-F.)

183. Marie-Thérèse-Charlotte de France, 1795. Très belle épreuve, *imp. en couleurs.*

184. Charles-Louis, Archiduc d'Autriche, 1797. Très belle épreuve, *imp. en couleurs.*

SMIRKE (d'après Robert)

185. *Conjugal affection — The Grand Mother's Blessing.* Deux pl., par R. Thew et W. Evans, se faisant pendants. Très belles épreuves.

SMITH (d'après J.-R.)

186. A Wife, par J.-P. Levilly. Belle épreuve,

SPORTS

187. Série de 15 planches relatives aux voyages en Voiture, par G. Reeve, d'apr. C.-B. Newhouse, et publiées par Th. Mᶜ Lean, 1834-1835. Belles épreuves, *coloriées. Ce nᵒ pourra être divisé.*

TABATIÈRES

187 *bis.* Sujets gracieux, 15 petites pièces, par Duflos, Jeaurat, Surugue, etc. Très belles épreuves.

TAUNAY (d'après N.-A.)

188. Foire de Village — Noce de Village. Deux pièces, par C.-M. Descourtis, se faisant pendants. Très belles épreuves, *imp. en couleurs*, du 1ᵉʳ état, *avec* les armes.

188 *bis*. Les mêmes estampes. Très belles épreuves, *imp. en couleurs*, du 1ᵉʳ état, *avec* les armes (quelques piqûres).

TURNER (Charles)

189. Spencer (Lavinia, Cᵉˢˢᵉ), d'après M.-A. Shee (538). Très belle et rare épreuve, *imp. en couleurs*.

190. Emily (Miss Sᵗ Clair), d'après W. Owen (804). Superbe et rare épreuve, *imp. en couleurs* (petite épidermure dans la teinte d'encadrement). Ce portrait passe aussi pour être celui de Lady Leicester.

190 *bis*. Course de Chevaux de Chasse, du 16 juin 1801, d'apr. Chalon. Belle épreuve.

VALIN (d'après)

191. L'Enfance de Paul et Virginie — Paul affligé du départ de Virginie. Deux pl., par Ruotte, se faisant pendants. Très belles épreuves, *imp. en couleurs*.

VANGÉLISTI (V.)

192. Vergennes (Ch. Gravier, Cᵗᵉ de), d'après Callet. Très belle épreuve.

VANGORP (d'après)

193. Les deux Amies, par Mᵉ Dulas. Très belle épreuve.

VERNET (d'après C. et H.)

194. Recueil de Chevaux *de tous genres, dessinés par Carle et Horace Vernet, et gravés par Levachez — Paris*, rue Pavée, s. d. — 55 planches (sur 60) numérotées de 1 à 55. Très belles épreuves en 1 vol. in-fol. obl. cart. (quelques piqûres).

194 *bis*. Suite de chevaux. pl. 1 à 4, 6, 7, (14?), 18, 26, 27, 34, 37 à 40, 42, 45, 48, 49, 51, 53 à 55, soit vingt-trois pièces, par Levachez. Très belles épreuves.

194 *ter*. Les Apprêts d'une Course — Les Jockeys montés. Deux pl., par Darcis, se faisant pendants. Très belles épreuves.

N° 170 du Catalogue.

195. Général de Division — Officier Supérieur des Guides de l'Empereur. Deux pl., par Levachez. Très belles épreuves.

VIEN (d'après J.-M.)

196. La Jeune Corinthienne, par J.-J. Flipart. Très belle épreuve.

VIGÉE-LE BRUN (d'après Mme)

197. Vigée-Le Brun (Mme), d'après elle-même, par J.-G. Muller. Belle épreuve.

VIGNETTES

198. Vignettes diverses, environ 700 pl. (en partie du XVIII* siècle).

WAGSTAFF (C.-E.)

199. *The approaching foostep*. Très belle épreuve.

WARD (d'après)

200. *Evening or the Relapse*, par J. Grozer, 1787. Très belle épreuve, *tirée en ton bistré*.

WATTEAU (d'après Ant.)

201. Watteau et M. de Julienne jouant du violoncelle, par Tardieu (E. de G. 14). Très belle épreuve.

202. Qu'ai-je fait assassins maudits.... par Caylus et Joullain (25). Très belle épreuve, grandes marges.

203. Diane au bain, par P. Aveline (36). Très belle épreuve.

204. Comédiens Français, par J.-M. Liotard (64). Bonne épreuve.

205. Départ des Comédiens Italiens en 1697, par L. Jacob (70). Belle épreuve.

206. Pour garder l'honneur d'une belle... par Cochin (77). Très belle épreuve.

207. Mezetin par B. Audran (86). Très belle et fort rare épreuve, *à l'état d'eau-forte pure*.

208. Les Agréments de l'Eté, par J. de Favannes (99). Très belle et fort rare épreuve, *à l'état d'eau-forte pure*.

209. Le Conteur, par C. N. Cochin (120). Belle épreuve avec le second texte.

210. Entretiens amoureux, par Liotard (131). Très belle épreuve.

N° 207 du Catalogue.

211. *The Island of Cytherea*, par V. M. Picot, 1787 (141), Belle épreuve, *tirée en ton bistré*, (piqûres).

212. La Surprise, par B. Audran (167). Belle épreuve (légères épidermures).

213. Bon Voyage, par Crepy fils (169). Très belle épreuve.

214. *Diverses Figures Chinoises... tirées du Cabinet de sa Majesté au Château de la Meute* (sic), (203-214), titre et suite de 12 pl., par F. Boucher, en cahier (mouillures à plusieurs pl.).

215. Trophées, 5 pl. (sur 12), par Huquier. Belles épreuves.

216. Paysages. Deux pièces par F. Boucher (n°⁸ 91 et 230). Belles épreuves.

WESTALL (d'après R.)

217. *A Gleaner's Child — A Reaper's child*. Deux pièces par M. Bovi, 1797, se faisant pendants. Très belles épreuves.

WHEATLEY (d'après F.)

218. *The Benevolent Cottager*, par Mlle Rollet. Belle épreuve, *imp. en couleurs* (la lettre non encrée).

219. *Two bunches a penny primeroses*, par L. Schiavonetti. Belle et très rare épreuve, *non terminée*.

WILLE (J. G.)

219 *bis*. Petite Ecolière — Le petit Physicien — L'Observateur distrait — Jeune Joueur d'instrument. Quatre pl., d'apr. Schalcken, Mieris, Netscher et Schenau. Belles épreuves.

WILLE FILS (P. Alex.)

220. Petit Vaux-Hall, 1780. Très belle épreuve.

Imprimerie Frazier-Soye, 155-157, rue Montmartre, Paris.